# Papa ronfle trop fort

Pour mon mari, Steven, dont les ronflements m'ont inspirée pour
*Papa ronfle trop fort* et ont fait de moi une experte
au jeu du « lit musical »! — N. H. R.

Pour grand-maman Jessie, qui faisait littéralement
trembler les murs. Avec toute mon affection.  — S. G.

Catalogage avant publication de Bibliothèque et Archives Canada
Rothstein, Nancy H.
Papa ronfle trop fort / Nancy H. Rothstein;
illustrations de Stephen Gilpin; texte français d'Hélène Rioux.
Traduction de : My daddy snores.
Pour enfants de 4 à 8 ans.
ISBN 978-0-545-99876-5
I. Gilpin, Stephen  II. Rioux, Hélène, 1949-  III. Titre.
PS3618.O84P37 2007      j813'.6      C2007-904087-X

Édition publiée par les Éditions Scholastic,
604, rue King Ouest, Toronto (Ontario)  M5V 1E1.

6  5  4  3  2      Imprimé au Canada      08  09  10  11  12

Papa ronfle trop fort

# Nancy H. Rothstein
# Illustrations de Stephen Gilpin

Texte français d'Hélène Rioux

R R R

Éditions
**SCHOLASTIC**

Lundi, papa ronfle comme un dinosaure qui gronde. Les fenêtres vibrent. Les murs tremblent. Alors...

...Maman joue au « lit musical ».

Elle essaie de dormir dans mon lit, mais je tire toute la couverture.
Elle essaie de dormir dans le berceau de Nathalie, mais le berceau *s'effondre!*

Mardi, papa ronfle comme un tremblement de terre. Maman dégringole du lit. Alors...

...Elle va dormir dans la baignoire.

Mais le robinet fuit goutte à goutte sur sa tête... toute **la nuit...**

...Maman va dormir dans la cage d'Hector le hamster.
Mais elle se sent un peu à l'étroit. Et puis, il y a une **drôle** d'odeur.

Jeudi, papa ronfle comme un gros **bourdon**.
**Bzz! bzz! Alors...**

...Maman va dormir dans la niche du chien.

Aouuuuh!

DÉFENSE DE RONFLER

Mais le pauvre Fanfan ne peut pas dormir!
Il passe la nuit à hurler... très, très **fort!**

Vendredi, papa ronfle comme une bouilloire qui siffle.
Alors, cette fois...

Maman envoie papa dormir dans le bocal de Glouglou le poisson rouge.
Mais même les bulles de papa font trop de **bruit !**

Ce n'est pas juste pour Glouglou.

Samedi, papa **ronfle** comme un camion qui klaxonne.
Maman a une bonne idée!

Elle envoie papa dormir sous notre tente.

Mais il **réveille** tous les oiseaux.

Puis, les oiseaux *nous* réveillent à leur tour!
Tout compte fait, ce n'était pas une bonne
idée du tout.

Dimanche matin, maman ressemble
à un **zombie** de très mauvaise humeur.
« J'en ai **assez!** » crie-t-elle.

Elle accompagne papa chez le médecin.
Et le médecin réussit à guérir papa
de ses **ronflements.**

Dimanche soir,
papa ne **ronfle** pas.
Toute la maison est silencieuse.

Maman dort. Je dors.
Nathalie dort.
Fanfan, Glouglou et
Hector dorment
**jusqu'au moment où...**

...Papa se met à parler dans son sommeil!

## POSTFACE de Michael L. Gelb, D.D.S., M.S.

*Papa ronfle trop fort* révèle un problème qui touche des dizaines de millions de foyers. Lorsqu'une personne ronfle, toute la famille s'en ressent. Les ronflements perturbent le sommeil de la personne qui ronfle de même que celui de son entourage.

Les ronfleurs devraient consulter un professionnel de la santé, car les ronflements peuvent être le symptôme de maladies plus graves, comme le syndrome de l'apnée du sommeil. Les médecins, les dentistes et les spécialistes du sommeil sont heureusement en mesure de proposer des solutions et des traitements. À partir du diagnostic, le professionnel de la santé peut recommander de perdre du poids, de modifier la posture adoptée pendant le sommeil; il proposera peut-être de porter un dispositif dentaire ou un appareil appelé CPAP (Continuous Positive Airway Pressure ou ventilation spontanée en pression positive continue), ou de subir encore une opération ORL. Les traitements du ronflement ne cessent de s'améliorer.

*Papa ronfle trop fort* est un livre amusant et fantaisiste. Il importe toutefois de déterminer les causes du ronflement et d'obtenir un diagnostic.